KB035830

이 고쳐 선생과 이빨투성이 괴물

이 고쳐 선생과 이빨투성이 괴물

초판 제1쇄 발행일 1997년 8월 30일
초판 제90쇄 발행일 2022년 3월 20일
글·그림 롭 루이스 옮김 김영진
발행인 박헌용, 윤호권 발행처 (주)시공사
주소 서울시 성동구 상원1길 22, 6-8층 (우편번호 04779)
대표전화 02-3486-6877 팩스(주문) 02-585-1247
홈페이지 www.sigongsa.com/www.sigongjunior.com

MR. DUNFILLING AND THE TOOTHY MONSTER
First published in the Great Britain by Macdonald Young Books.
Text and Illustrations copyright ⓒ Rob Lewis 1991
All rights reserved.
Korean translation copyright ⓒ 1997 by Sigongsa Co., Ltd.
This Korean edition was published by arrangement with Wayland publisher Ltd.,
Hove through Eric Yang Agency, Seoul.

이 책의 한국어판 저작권은 Eric Yang Agency를 통해
Wayland publisher Ltd.와 독점 계약한 (주)시공사에 있습니다. 저작권법에 의해
한국 내에서 보호받는 저작물이므로 무단 전재와 무단 복제를 금합니다.

ISBN 978-89-527-8685-2 74840
ISBN 978-89-527-5579-7 (세트)

*시공사는 시공간을 넘는 무한한 콘텐츠 세상을 만듭니다.
*시공사는 더 나은 내일을 함께 만들 여러분의 소중한 의견을 기다립니다.
*잘못 만들어진 책은 구입하신 곳에서 바꾸어 드립니다.

KC마크는 이 제품이 공통안전기준에 적합하였음을 의미합니다.
제조국 : 대한민국 사용 연령 : 8세 이상
책장에 손이 베이지 않게, 모서리에 다치지 않게 주의하세요.

이 고쳐 선생과 이빨투성이 괴물

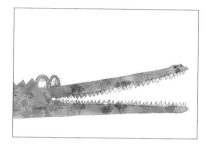

롭 루이스 글/그림 · 김영진 옮김

시공주니어

차례

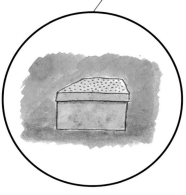

이 고쳐 선생과 이빨투성이 괴물

1.예약 전화

이 고쳐 선생은 훌륭한 치
과 의사였습니다. 세상에서
이 고쳐 선생이 고치지 못
하는 충치는 하나도 없었습
니다.

이 고쳐 선생은 작고 동그
란 안경을 썼고 이마가 매

우 높았습니다. 그리고 머리카락은 이마 윗부분에 아주 조금만 나 있었습니다. 이 고쳐 선생을 아는 사람들은, 이 고쳐 선생의 이마가 높은 건 두뇌가 명석하기 때문이라고 말했습니다. 물론 이 고쳐 선생은 매우 현명한 사람이었습니다. 그리고 유명해서 여기저기서 편지도 많이 받곤 했지만, 결코 자랑하지는 않았습니다.

이 고쳐 선생에게는 딱 한 가지 결점이 있는데, 그것은 "안 돼요."라고 말하지 못하는 것이었습니다. 아무리 치료하기 어려워도, 이 고쳐 선생은 찾아오는 환자들을 모두 받아 주었습니다.

그러던 어느 수요일 아침, 아주 이상한 예약 전화가 걸려 왔습니다. 그건 지금까지의 일들 가운데에서도 가장 어려운 일이 될 것 같았습니다.

　"동물원 사육사 우리 씨네요."

　라고 접수원인 달달 부인이 말했습니다.

　이 고쳐 선생은 수화기를 들고 무슨 일인지 물어

보았습니다.

　"원숭이가 또 당신 틀니를 화장실에 빠뜨렸나요?"

"그런 게 아니고요.

동물 한 마리가 치통이

있어서 아무것도 먹지 못합니다. 선생님께서 치료해

주실 수 있겠어요?"

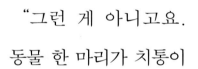

하고 사육사가 웃으며 말했습니다.

"물론이죠. 저희 접수원이 진료 시간을 예약해 드

릴 겁니다."

하고 이 고쳐 선생이 대답했습니다.

점심 시간에, 접수원인 달달 부인이 진료실로 총총히 걸어 들어왔습니다.

"다음 주 화요일 오후 두 시 반에, 우리 씨가 오겠다고 하네요."

하고 달달 부인이 말했습니다.

"알겠습니다."

하고 이 고쳐 선생이 대답했습니다.

달달 부인은 몹시 안달복달하는 할머니였습니다. 이 고쳐 선생은 달달 부인의 틀니가 달달 떨리는 소리를 들었습니다.

"무슨 일이라도 있습니까?"

하고 이 고쳐 선생이 물었습니다.

"세상에 세상에, 선생님! 우리 씨가 선생님께 말씀을 안 드린 게 있어요. 이번에 치료 받으러 오는 동

물은 이빨이 만 개나 된대요!"

하고 달달 부인이 걱정스레 말했습니다.

"뭐라고요?"

이 고쳐 선생은 소스라치게 놀라서 자리에 털썩 주
저앉았습니다.

그러고는 놀라서 다시 벌떡 일어났습니다.

"만 개라니! 어떻게 충치를 찾아내죠?"

이 고쳐 선생은 충치를 갉아 내는 드릴 위에 털썩

주저앉았습니다.

"세상에 세상에, 선생님! 엑스선을 수도 없이 찍으
셔야 할 거예요."

하고 달달 부인이 말했습니다.

"음……."

이 고쳐 선생은 골똘히 생각했습니다. 그러다가,

"다음 주 화요일 오후에, 다른 환자는 예약 받지 마

세요. 그 동물의 충치를 치료하는 데에 시간이 오래

걸릴 것 같군요."

하고 말했습니다.

그날 밤, 이 고쳐 선생은 침대에 누워서, 어떤 동

물이 병원에 올 것인지를 생각해 보았습니다.

　그렇게 이빨이 많다면 입이 엄청나게 큰 동물일 것
입니다.
　이 고쳐 선생은 숨을 죽였습니다. 입이 커다랗다면
머리도 커다래야 할 것이고 머리가 커다랗다면 몸도

커다래야 할 텐데……. 아무튼 다른 데도 모두 커다 랄 것입니다.

커다란 경비견일까요? 궁금했습니다. 아니면, 사자? 그렇지만 개나 사자는 기껏해야 이빨이 쉰 개 정도밖에는 안 됩니다.

이 고쳐 선생은 나일 강의 사나운 악어가 아닐까 하고 생각해 보았습니다. 그렇지만 악어라고 해도 이빨이 만 개나 되지는 않습니다.

상어일까요? 상어는 날카로운 이빨을 많이 가지고 있습니다.

어쨌든, 동물원에서 치료 받으러 올 그 동물은 몸집이 정말 커다랄 것은 틀림이 없는데, 혹시, 고래가 아닐까요?

하지만 우리 씨가 병원에 고래를 데려 올 수는 없

습니다. 그리고 고래가 헤엄칠 물을 가져올 수도 없습니다. 분명합니다. 만약 고래라면 이 고쳐 선생은 물 속에서 치료를 해야겠지요.

용일까요? 하지만, 아닐 겁니다. 이 고쳐 선생은 용이 실제로 존재한다고는 생각하지 않았습니다. 그런데 정말 용이라면 어쩌죠?

이빨이 많은 그 동물은 치통이 심하니까 기분도 나쁠 겁니다. 난폭하게 굴어서 진료실을 모두 부숴 버릴 수도 있습니다. 그러면 값비싼 의료 기구들은 모두 못쓰게 될 것입니다.

그 동물을 마취하려면 어떻게 해야 할까요? 이 고쳐 선생은 말똥말똥 눈을 뜨고 있는 동물의 입 속으로 들어가서, 마취제를 놓는 일 따위는 상상조차 하고 싶지 않았습니다.

이 고쳐 선생은 문득 이빨이 많은 그 동물이 충치 때문에 한동안 아무것도 먹지 못했을 거라는 사실이 머리 속에 떠올랐습니다. 게다가 다음 주 화요일까지 계속 굶어야 할 것입니다!

"그 동물이 마취에서 깨어나서 처음으로 볼 먹이는 치과 의사가 될 거야!"

　라고 이 고쳐 선생은 생각했습니다.

　잠을 자는 동안에, 이 고쳐 선생의 초대형 머리는 거대한 이빨 괴물에 대한 초대형 악몽으로 시달렸습니다.

2.이 고쳐 선생, 준비 완료!

다음 날 아침, 잠에서 깨어난 이 고쳐 선생은, 여전히 이빨이 많은 동물을 치료할 일이 걱정스러웠습니다. 이제라도 우리 씨에게 전화를 걸어서 치료를 할 수 없다고 말을 할까 하는 마음이 들 정도였지요.

그렇지만 이 고쳐 선생은 다시 한 번 마음을 고쳐 먹었습니다. 치통으로 고통 받는 불쌍한 동물을 그대로 둘 수는 없는 일이니까요.

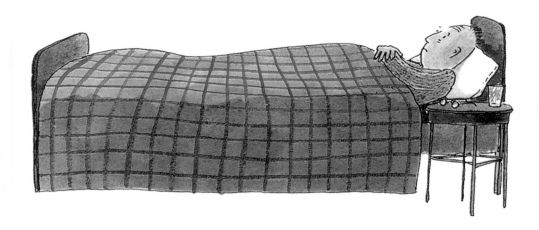

"어쩌죠? 우리 진료실은 이빨이 만 개나 되는 거대한 동물이 들어오기엔 적당하지 않은데."

이 고쳐 선생은 병원에 도착해서 달달 부인에게 말했습니다.

"진료실이 문제가 아니에요, 선생님. 전 어쩌면 좋죠? 산 채로 잡아먹힐 거예요."

하고 달달 부인이 떨리는 목소리로 말했습니다.

이 고쳐 선생은 달달 부인을 위아래로 쳐다보았습

니다. 달달 부인은 젓가락처럼 깡마르고 쭈글쭈글했습니다. 그 무서운 동물이 달달 부인을 보고 입맛을 다실 것 같지는 않았습니다.

"저희 할머니가 많이 편찮으신데, 화요일 오후에 좀 쉬면 안 될까요?"

달달 부인이 달달달 떨며 이 고쳐 선생에게 물었습

니다.

"뭐, 그러세요."

하고 이 고쳐 선생은 말했습니다. 비록 달달 부인
의 할머니가 여태껏 살아 있으리라고 믿기는 힘들었
지만요.

점심 시간이 되기 전에, 이 고쳐 선생은 명석한 두
뇌로 훌륭한 계획을 하나 짜냈습니다. 이 고쳐 선생

은 필요한 물품 목록을 만들고, 그것들을 사러 나갔
습니다. 이 고쳐 선생이 처음 간 곳은 의상실이었습
니다. 그곳에서 이 고쳐 선생은 갑옷을 빌렸습니다.

"가장 무도회라도 가시나요, 선생님?"

하고 가게 주인이 물었습니다.

"저……. 예, 그래요."

이 고쳐 선생이 대답했습니다.

이빨이 만 개나 되는 동물로부터 몸을 보호하기 위해서라고, 있는 그대로 얘기할 수는 없는 노릇이었습니다. 그랬다간 하루가 다 가기도 전에 온 마을에 소문이 쫙 퍼질 테니까요. 이 고쳐 선생은 이빨 자국이 가득한 갑옷을 돌려 주지 않게 되기를 진심으로 빌었습니다.

그 다음에, 이 고쳐 선생은 고철 판매점에 가서 자동차 문짝과 보닛을 잔뜩 샀습니다.

그리고 공구 판매점
에서는 너트와 볼트와
용접기를 샀습니다.

마지막으로, 이 고쳐 선생은 등산 용품점에 갔습니
다. 그리고 거기 있는 것
중에서 가장 큰, 특대형 텐
트를 샀습니다.

이 고쳐 선생은 병원으로 돌아왔습니다. 그리고 종합 병원에 마취제를 큰 통으로 주문하고, 정육점에 암소고기 반 마리를 부탁했습니다.

그 다음 날부터 며칠 저녁을, 이 고쳐 선생은 차 문짝과 보닛을 진료실의 바닥이며, 천장이며, 벽에다 용접기로 붙였습니다. 그리고 값비싼 의료 기구들은 나사로 바닥에 고정시켰습니다. 이제 이 고쳐 선생

의 진료실은 무서운 동물이 흥분해서 날뛰더라도 안

전할 정도였습니다.

 이 고쳐 선생은 천장에 텐트를 걸었습니다. 텐트를

31

동물에게 떨어뜨려서 뒤집어씌우고, 그 속에 마취제
를 채워 넣어서 동물을 잠들게 할 계획이었지요.

고생스러웠지만 암소고기 반 마리를 간신히 냉장
고에 집어 넣었습니다(다리가 삐죽 삐져 나왔지만

말이에요). 쇠고기는 동물이 마취에서 깨어났을 때 먹이로 줄 계획이었습니다.

또, 이 고쳐 선생은 벽을 조금 허물어서 동물이 층계를 올라오기 쉽도록 했습니다. 그리고 마지막으로 갑옷을 입어 보았습니다. 맞춘 듯이 꼭 맞았습니다.

3.소문났네, 소문났어!

달달 부인은 손자 리키와 함께 살고 있었습니다. 리키는 할머니가 이웃집 사람에게 이 고쳐 선생과 무서운 동물에 대해 이야기하는 것을 들었습니다. 그때 마침 리키는 괴물과 공룡에 한참 빠져 있었습니다. 실제로 괴물을 볼 수 있다니, 리키가 얼마나 좋아했겠어요!

"이 고쳐 선생님이 이빨 괴물 치료하는 걸 제가 도

와 드려도 될까요?"

하고 리키는 할머니에게 물어 보았습니다.

"세상에 세상에, 난 모르겠다, 아가야! 너, 무섭지
않겠니?"

하고 달달 부인이 말했습니다.

"아니오, 조금도요. 이 고쳐 선생님에게 좀 여쭤 봐
주세요."

리키는 거의 간청하다시피 했습니다.

"글쎄, 선생님이 너를 지켜 주시긴 하겠지만⋯⋯.
아가야, 선생님은 아주 예민한 분이란다. 절대 그분
일을 방해해서는 안 된다."

달달 부인은 이 고쳐 선생에게 전화를 걸었습니다.
이 고쳐 선생은 리키가 자기를 도와 주겠다고 해서
매우 기뻤습니다.

한편, 달달 부인의 이웃집 사람은 자기가 일하는

"질겨요 신발 공장"에 있는 사람들에게 이빨투성이 괴물 이야기를 했습니다. 신발 공장 사람들은 공장 사람들 모임에서 "까딱까딱 모자 공장" 사람들에게 그 이야기를 전했습니다. 그리고 소문은 돌고 돌아 마침내 "잡담 일보"의 예리한 기자, 찐득이 기자의 귀에까지 흘러 들어갔습니다.

그날 저녁, 이 고쳐 선생이 집으로 돌아가고 나서
찐득이 기자는 병원 뒷마당으로 살금살금 숨어들었
습니다. 찐득이 기자는 "최고급 초확대 사방팔방 사
다리"와 값비싼 카메라 여덟 개와 수많은 망원 렌즈
를 가지고 왔습니다. 찐득이 기자는 "최고급 초확대
사방팔방 사다리" 단추를 눌렀습니다. 사다리는 벽

38

을 타고 올라갔습니다.

　찐득이 기자는 사다리를 타고 기어 올라가 창문 안
을 살펴보았습니다. 찐득이 기자는 철판을 두른 벽
과 넓어진 문과 천장에 매달린 텐트와 바닥에 나사
로 고정된 의료 기구들을 보았습니다.

　"사실이야!"

찐득이 기자는 숨을 죽이고 말하다가 사다리에서 떨어져 "말랑말랑 식당" 쓰레기통에 빠졌습니다.

"이 얼마나 엄청난 사건인가!"

찐득이 기자는 서둘러 사무실로 돌아가서 다음 날 아침, 신문의 일면을 장식할 기사를 썼습니다. 제목은 "용감한 치과 의사, 죽음을 무릅쓰고 위험한 공룡에 맞서다!"가 될 것입니다. 아니, "무시무시한 괴물

의 이빨을 치료하는 사람!"이 나을까요?

찐득이 기자는 자리에 앉아 맹렬히 기사를 쓰기 시
작했습니다.

"야단났군, 야단났어."

까탈 부인이 은쟁반에서 조간 신문을 집어들며 말
했습니다.

"치과 의사가 괴물을 다뤄? 아이고, 메스꺼워라!"

신문에 쓰여 있는 대로라면, 괴물은 이빨이 만 개나 되고 키는 10미터쯤 되고 콧구멍에서는 연기를 뿜는다고 합니다. 그러나 까탈 부인이 걱정하는 것은 무서운 괴물이 아니었습니다.

까탈 부인은 성격이 매우 고약했습니다(사람들이,
까탈 부인을 그 괴물의 경쟁 상대가 될 만하다고 했
을 정도입니다).

까탈 부인이 폭발적으로 화를 내는 일이 한 가지

있는데, 그것은 "불결함"이었습니다. 까탈 부인은 쟁반과 컵과 칼과 포크를 모두 최소한 열 번 이상 닦아야 한다고 주장하는 사람이었으며, 얼룩을 찾아내려고 돋보기까지 들이대곤 했습니다.

이 고쳐 선생에 대한 기사는 까탈 부인을 매우 화나게 했습니다. 목에 있는 핏줄이 불거져 튀어나오고 온몸이 부들부들 떨릴 지경이었습니다.

"깨끗하게 소독된 의료 기구들이 그 더러운 괴물의 입에 들어가다니! 게다가 그 괴물은 진료실 바닥에 침을 질질 흘릴 거야. 막아야 해!"

까탈 부인은 으르렁거리며 감자 요리를 포크로 찔렀습니다. 그러다가 국물이 가정부에게 튀었습니다.

"전화기 가져와. 시장님께 당장 전화해야겠어!"

시장은 자기가 할 수 있는 일은 아무것도 없다고

말했습니다. 치과 의사가 동물의 이빨을 치료하지 못하게 하는 법은 없고, 따라서 이 고쳐 선생은 어떤 동물이라도 치료할 수 있다는 것입니다.

"그렇다면, 항의 시위를 하겠어요!"

까탈 부인은 고함을 질렀습니다.

시장은 수화기를 귀에서 멀리 떼었지만 그래도 귀가 아팠습니다.

"내가 듣기로 그 동물은 이빨이 만 개나 되고 키도
10미터나 된다던데, 무섭지 않으세요?"

"하! 내가 아프리카에 살 적에는 그것보다 훨씬 큰
파리도 손으로 때려 잡았다고요."

하고 까탈 부인이 말했습니다. 그리고 수화기를 쾅

내려놓고는 친구들에게 전화를 걸었습니다.

친구들은 다들 까탈 부인을 두려워했기 때문에 모두 항의 시위에 참가하기로 했습니다. 그렇지만 속으로는 그렇게 사나운 동물을 다루는 이 고쳐 선생이 용감하다고 생각했습니다.

4.이빨투성이 괴물, 마을에 오다!

화요일 오후, 마을은 텅 비어 있었습니다. 사람들
은 괴물에 대비해서 집과 가게의 문을 널빤지로 막
아 버렸습니다.
　집 안에 안전하게 숨어 있지 않은 사람들은, 이 고
쳐 선생의 병원 밖에서 웅성대는 사람들뿐이었습니

다. 그 사람들의 맨 앞에는 까탈 부인이 "괴물은 물러가라"라고 쓰여진 깃발을 펄럭이며 서 있었습니다. "더러운 치과 의사는 필요 없다", "치과 의사는 사람만 치료해라"라고 쓰여진 깃발도 있었습니다.

갑옷을 입은 이 고쳐 선생은, 리키와 함께 병원 창문을 통해 사람들을 바라보았습니다. 두 사람은 매우 울적했습니다.

"자, 리키."

하고 이 고쳐 선생이 말문을 열었습니다.

"동물이 도착해서 안전하게 잠들 때까지 너는 화장실에 숨어 있어야 한다. 그런 다음, 내가 일하는 것을 보면서 의료 기구를 내게 건네 주렴."

멀리서 트럭이 나타났습니다. 사람들은 갑자기 조

용해졌습니다. 트럭 뒤쪽에서 시커먼 연기가 커다랗게 덩어리로 뿜어져 나왔습니다. 트럭이 가까워지자 무시무시한 울부짖음까지 들렸습니다.

　사람들은 평소에 까탈 부인을 무서워했지만 이제는 동물 사육사의 트럭 뒤칸에 타고 있을 괴물이 훨씬 더 무서워졌습니다. 그래서 모두들 안전한 자기 집으로 재빨리 달아났습니다.

　까탈 부인은 자기 혼자만 남은 것을 알고는 버럭버럭 화를 내며 집으로 돌아갔습니다.

　동물원 트럭이 이 고쳐 선생 병원 앞에 섰고, 우리 씨가 차에서 내렸습니다. 우리 씨는 초인종을 누르려고 했는데, 그만 이 고쳐 선생의 코를 누르고 말았습니다. 이 고쳐 선생이 이미 문을 열고 마중을 나와 있었던 것입니다.

"안녕하세요?"

우리 씨는 갑옷을 입은 이 고쳐 선생을 위아래로 쳐다보며 인사했습니다.

"제가 가서 트럭에 있는 동물을 데려오겠습니다."

하고 우리 씨가 말했습니다.

이 고쳐 선생은 우리 씨가 문을 열고 트럭 뒤칸으로 들어가는 모습을 불안하게 지켜보았습니다.

쿵쿵거리는 무거운 발걸음 소리가 들렸습니다. 동물이 내는 소리일까요? 아니면 우리 씨가 내는 소리일까요? 우리 씨는 마침내 작은 상자를 들고 트럭 뒤칸에서 나왔습니다.

리키는 화장실에 난 작은 창문을 통해, 우리 씨가 작은 상자를 들고 넓혀 놓은 병원 층계를 올라와 진료실로 들어가는 것을 바라보았습니다. 이 고쳐 선

생이 뒤에서 철컥철컥 삐걱삐걱 소리를 내며 조심스
럽게 따라 들어갔습니다.

"저 상자에 든 건 틀림없이 이빨 동물의 점심 식사
일 거야."

라고 이 고쳐 선생은 생각했습니다. 비록 이빨이
만 개나 되는 동물이 먹기에는 부족하겠지만 말입니
다. 이 고쳐 선생이 냉장고에 암소를 반 마리나 준비

해 두었으니 다행입니다.

우리 씨가 상자의 뚜껑을 열었습니다.

"자, 이놈이 환자입니다."

상자 한가운데에는 커다란 달팽이가 앉아 있었습
니다.

"이건 몰라몰라 섬에서 가져온 희귀한 열대 달팽이입니다."

우리 씨가 자랑스럽게 덧붙였습니다.

그러고는 철판을 두른 진료실 벽과 바닥에 나사로 고정시킨 의료 기구와 천장에 매달린 텐트를 보았습니다. 우리 씨는 이 고쳐 선생이 오해했다는 것을 알고 빙그레 미소를 지었습니다.

"거대한 동물을 기대하셨군요, 그렇죠?"

"에⋯⋯. 예, 그렇습니다."

하고 이 고쳐 선생이 난처해 하며 대답했습니다.

그러고는 웃으면서,

"리키! 이리 와서 이빨투성이 괴물을 봐라."

하고 말했습니다.

리키는 살금살금 조심조심 진료실로 들어와서 달

팽이를 보고는 깜짝 놀랐습니다.

"미안합니다."

하고 우리 씨가 이 고쳐 선생에게 사과했습니다.

"제가 전화로 말씀을 드렸어야 했는데……. 달팽
이는 원래 미세한 이빨이 만 개나 있어요. 보통 그

이빨을 큐티쿨라라고 부르죠."

"아, 예."

이 고쳐 선생은 허둥지둥 갑옷을 벗었습니다.

"걱정 마세요. 아무한테도 말하지 않을 테니까요."

하고 우리 씨가 웃으며 말했습니다.

마취 주사를 맞자마자 달팽이는 가볍게 코를 골았

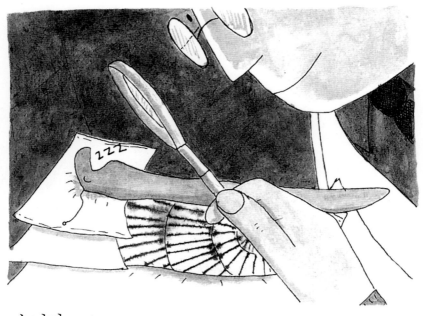

습니다.

 이 고쳐 선생은 작은 엑스선 사진으로 충치를 찾아
냈습니다. 그리고 리키는 달팽이의 작은 입 안을 들
여다볼 수 있도록 돋보기를 가져왔습니다. 충치는
너무 작아서 치료가 불가능했습니다. 이 고쳐 선생
은 작은 핀셋으로 충치를 뽑아 냈습니다. 달팽이는
조금도 아픔을 느끼지 못했습니다.

우리 씨는 이 고쳐 선생과 리키에게 감사 인사를
하고, 이제 치통이 사라져서 행복해진 달팽이와 함
께 트럭을 타고 떠났습니다.

"우리 씨 트럭이 너무 낡았구나. 그래서 시커먼 연
기와 시끄러운 소리가 나는 거였어."

라고 이 고쳐 선생은 생각했습니다.

이 고쳐 선생은 리키에게 아주 작은 이빨이 들어 있는 작은 유리 상자를 주었습니다.

"이건 기념품이란다."

"우와."

리키는 기뻤습니다.

"반드시, 비밀로 해야 한다."

집 안에 숨어 있던 마을 사람들은 아무도 진실을 알 수 없었습니다. 까탈 부인은 여전히 그 불결한 동물과 치과 의사에 관한 편지를 "잡담 일보"에 적어 보냈지만 아무도 거들떠보지 않았습니다.

사람들은 모두 이 고쳐 선생을 세상에서 가장 용감한 치과 의사라고 생각했고, 병원에는 언제나 예약 환자들이 넘쳐났습니다.

옮긴이의 말

제목만 보고 커다란 괴물과 이 고쳐 선생의 격렬한 혈투를 기대하던 어린이라면 책을 읽고 조금 실망했을지도 모르겠습니다. 이 책에 이빨이 무시무시한 괴물 따위는 한 번도 등장하지 않습니다. 이빨투성이 무서운 괴물은 이 고쳐 선생의 높이 솟은 머리 속에 있었을 뿐입니다.

명석하기로 소문난 이 고쳐 선생의 머리 속에는 뇌세포만 가득하지는 않았습니다. 이빨이 만 개나 되는 괴물을 상상해 내는 상상력과, 비록 괴물이지만 그 아픔을 이해해 주고 치료를 위해 최선을 다하겠다는 따뜻한 마음이 있었습니다.

이 고쳐 선생처럼 용감하고 착한 분이 우리 동네 치과 의사라면 얼마나 좋을까요.

김영진